死者の贈り物　目次

詩集　死者の贈り物

渚を遠ざかってゆく人

波が走ってきて、砂の上にひろがった。
白い泡が、白いレース模様のように、
暗い砂浜に、一瞬、浮かびでて、
ふいに消えた。また、波が走ってきた。
イソシギだろうか、小さな鳥が、
砂の上を走り去る波のあとを、
大急ぎで、懸命に追いかけてゆく。

波の遠く、水平線が、にわかに明るくなった。
陽がのぼって、すみずみまで
空気が澄んできた。すべての音が、
ふいに、辺りに戻ってきた。
磯で、釣り竿を振る人がいる。
波打ち際をまっすぐ歩いてくる人がいる。
朝の光りにつつまれて、昨日
死んだ知人が、こちらにむかって歩いてくる。
そして、何も語らず、
わたしをそこに置き去りにして、
わたしの時間を突き抜けて、渚を遠ざかってゆく。
死者は足跡ものこさずに去ってゆく。
どこまでも透きとおってゆく

無の感触だけをのこして。
もう、鳥たちはいない。
潮の匂いがきつくなってきた。
陽が高くなって、砂が乾いてきた。
貝殻をひろうように、身をかがめて言葉をひろえ。
ひとのいちばん大事なものは正しさではない。

こんな静かな夜

先刻までいた。今はいない。
ひとの一生はただそれだけだと思う。
ここにいた。もうここにはいない。
死とはもうここにいないということである。
あなたが誰だったか、わたしたちは
思いだそうともせず、あなたのことを
いつか忘れてゆくだろう。ほんとうだ。

悲しみは、忘れることができる。
あなたが誰だったにせよ、あなたが
生きたのは、ぎこちない人生だった。
わたしたちとおなじだ。どう笑えばいいか、
どう怒ればいいか、あなたはわからなかった。
胸を突く不確かさ、あいまいさのほかに、
いったい確実なものなど、あるのだろうか?
いつのときもあなたを苦しめていたのは、
何かが欠けているという意識だった。
わたしたちが社会とよんでいるものが、
もし、価値の存在しない深淵にすぎないなら、
みずから慎むくらいしか、わたしたちはできない。
わたしたちは、何をすべきか、でなく

何をすべきでないか、考えるべきだ。
冷たい焼酎を手に、ビル・エヴァンスの
「Conversations With Myself」を聴いている。
秋、静かな夜が過ぎてゆく。あなたは、
ここにいた。もうここにはいない。

秘密

理由なんかなかった（のかもしれない）。
背筋をのばして、静かに日々をおくる。
それだけで十分だった（のかもしれない）。
その人は、とても歳をとっていた。
道で、誰にもけっして話しかけなかった。
目が合うと、いつも羞むような表情になった。
あるとき花咲く木の下に、佇んでいるのを見た。

草の花より木の花を好んだ（のかもしれない）。
いつも一人だった。珊瑚色の目をした
猫だけがその人の友人だった（のかもしれない）。
おおきなコントラバスを抱えるように、
おおきな秘密を抱えていた（のかもしれない）。
おたがいのことなど、何も知らない。
それがわたしたちのもちうる唯一の真実だ。
この世に存在しなかった人のように
その人は生きたかった（のかもしれない）。
姿を見なくなったと思ったら、
黙って、ある日、世を去っていた。
こちら側は暗いが、向こう側は明るい。
闇のなかにではない。光りのなかに、

みんな姿を消す（のかもしれない）。
糸くずみたいな僅かな記憶だけ、後にのこして。

イツカ、向コウデ

人生は長いと、ずっと思っていた。
間違っていた。おどろくほど短かった。
きみは、そのことに気づいていたか？

なせばなると、ずっと思っていた。
間違っていた。なしとげたものなんかない。
きみは、そのことに気づいていたか？

わかってくれるはずと、思っていた。
間違っていた。誰も何もわかってくれない。
きみは、そのことに気づいていたか？

ほんとうは、新しい定義が必要だったのだ。
生きること、楽しむこと、そして歳をとることの。
きみは、そのことに気づいていたか？

まっすぐに生きるべきだと、思っていた。
間違っていた。ひとは曲がった木のように生きる。
きみは、そのことに気づいていたか？

サヨナラ、友ヨ、イツカ、向コウデ会オウ。

三匹の死んだ猫

三匹の猫が死んだ。
一年に一匹ずつ、順々に死んだ。
二十年、三匹の猫と、共に暮らした。
最初の猫は、黙って死んだ。
車に轢《ひ》かれて、突然に死んだ。
二匹目の猫は、毅然として死んだ。
最後まで四本の脚で立ち上がろうとし、

できなくなって、はじめて、
崩れおちるようにして、死んでいった。
三匹目の猫は、静かに死んだ。
耳は聴こえなかった。歯は嚙めなかった。
それでも、いつもチャーミングだった。
じぶんで横になって、目を瞑って死んだ。
この世に生まれたものは、死ななければならない。
生けるものは、いつか、それぞれの
小さな死を死んでゆかなくてはならない。
二十年かかって、三匹の猫は、
九つのいのちを十分に使い果して、死んだ。
生けるものがこの世に遺せる
最後のものは、いまわの際まで生き切るというそのプライドなのではないか。
雨を聴きながら、夜、この詩を認《したた》めて、
今日、ひとが、プライドを失わずに、
死んでゆくことの難しさについて考えている。

魂というものがあるなら

言い切る、言い切れることは。
思い切る、思い切れるものは。
使い切る、使えることばは。
とことん無くし切る、無くせるものは。
それでもなお、その後に
のこってゆく、ごく僅かなもの。
はっきりと感じている。けれども、

はっきりと表すことのできないもの。
きっと、無言でしか表せない、
とても微かなもの。
冬の木漏れ日のような、
ある種の、静けさのようなもの。
もしも、魂というものがあるなら、
その、何もないくらい、小さなものが、
そうなんじゃないか。そう言って、
きみはわらって、還ってゆくように逝った。
正しかったか、間違いだったか、
それが、人生の秤だとは思わない。
一生を費い切って、きみは後悔しなかった。
そしてこの世には、何も遺さなかった。

草稿のままの人生

本棚のいちばん奥に押し込んだ
一冊の古い本のページのあいだに、
四十年前に一人、熱して読んだことばが
のこっている。大いなる鬚の思想家が
世界に差しだした問いが、草稿のままに
遺された小さな本。——たとえば。
なぜわれわれは、労働の外で

はじめて自己のもとにあると感じ、
そして、労働のなかでは自己の外にあると
感じるのか。労働をしていないときに
安らぎ、なぜ労働をしているときに
安らぎをもてないのか。——あるいは。
人間を人間として、また、世界にたいする
人間の関係を人間的な関係として前提としたまえ。
そうすると、きみは愛をただ愛とだけ、
信頼をただ信頼とだけ、交換できるのだ。
もしきみが相手の愛を呼びおこすことなく
愛するなら、すなわち、きみの愛が愛として
相手の愛を生みださなければ、そのとき
きみの愛は無力であり、一つの不幸である。——

或る日、或る人の、静かな訃に接した。
小さな記事は何も伝えない。しかし、かつて
大いなる鬚の思想家の草稿のことばを、
腐心の日本語にうつしたのはその人だった。
不確かな希望を刻したことばの一つ一つを思いだす。
束の間に人生は過ぎ去るが、ことばはとどまる、
ひとの心のいちばん奥の本棚に。

老人と猫と本のために

いつも、そこにいた。いつも、
本を読んでいた。入ってゆくと、
一瞬だけ、目を上げた。視線は鋭いが、
すぐに目は、活字にもどっていった。
風の中のシマフクロウのように、
いつも、口を箝《かん》して、そこにいた。
古本屋だ。古い街の、古い家の。

三十年前はじめてその店にいった。
だが、一ども、話をしたことはない。
主人はとても小さな老人で、
店にはとても大きな老猫がいた。
微笑も、冗舌も、流行もない。
静かな時間だけ。ほかにはない。
古い本棚に、無数の古い本が
突っ込まれて、床のそこここに
忘れられてきた本が無造作に積まれて、
狭い店をいっそう狭くしている。
本にへだてをおかない。すごい本も、
ありふれた本も、そうでない本も。
本を後生大事なものとしない。

けれどもどこにもない本が必ずあった。
或る日、忽然と、消えた。
店の場所に、店がなかった。
そして小さな老人も、大きな猫も。
静かな時間も、山なしていた無数の本も。
きみは神々を讃えるために歌った。……
ちがう。神々を探しもとめて歌ったのだ。……
老人と猫の店の最後の本になったのは、
遠くローマの、死の床にふす詩人の物語だ。
死んでゆくウェルギリウスは呟く。
だが、私は神々を見いださなかった。……
見いだしたのは別のものだった。……
砂と砕石できれいに均《なら》された

更地が、その場所にのこっている。
ことごとくか無かではないのだ。
ことごとくが無だと思う、
ささやかな、個人的な記憶がなければ。
老人と猫と本のために、
ラナンキュラスの花をください。
どこにも神々はいない。

小さな神

石が話していた。男は黙っていた。
ニレの木が話していた。男は黙っていた。
階段が話しかけた。男は答えなかった。
窓が話しかけた。男は答えなかった。
横たわって、男はじっと目を瞑っていた。
死は言葉を喪うことではない。沈黙という
まったき言葉で話せるようになる、ということだ。

わたしはここにいる。
小さな神が言った。
咲きみだれるハギの花のしたで。

サルビアを焚く

冬になるとコノハズクはいなくなるというが、
ほんとうだろうか。だが、間違いない。
遠くのどこかで、コノハズクが啼いている。
ブッポーソー、ブッポーソー。
夜の樹が枝々をかさねて、闇を深くしている。
うそだ、闇が暗いというのは。
深くなればなるほど、闇は明るくなる。

ことばは感情の道具とはちがう。
悲しいということばは、
悲しみを表現しうるだろうか？
理解されるために、ことばを使うな。
理解するために、ことばを使え。
見上げる。きーんと澄みわたった冬の空だ。
月にかかる叢雲が、とてもきれいだ。
川辺に立って、黙って、瀬の音を聞いている。
ブッポーソー、ブッポーソー。
サルビアを束ねて、川原で焚く。
静けさの匂いがゆっくりひろがってくる。
忘却の川を渡ってゆく人がいる。
九十九年生きても、人の一生は一瞬なのだ。

箱の中の大事なもの

彼について、語ることは何もない。
自分について、彼は語ることをしなかった。
Have done と言えることをしたことはないが、
そのことを、彼は後悔はしなかったと思う。
小さなもの、ありふれたものを、彼は愛した。
たとえば、ハナミズキのある小道だ。
毎日歩く道を、彼は愛した。

季節を呼吸する木を、彼は愛した。
夏至と冬至のある一年を、彼は愛した。
愛するということばは、
けれども、一度も使ったことはない。
美しいということばを、口にしたことはある。
静かな雨の日、樹下のクモの巣に
大粒の雨の滴が溜まっているのを見ると
つくづく美しいと思う、と言った。
どこの誰でもない人のように
彼はゆっくりと生きた人だった。
死ぬまえに、彼は小さな箱をくれた。
「大事なものが中に入っている」
彼が死んだ後、その箱を開けた。

箱の中には、何も入っていなかった。
何もないというのが、彼の大事なものだった。

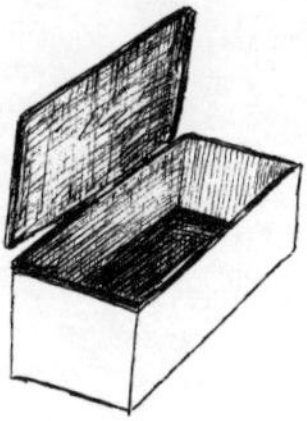

ノーウェア、ノーウェア

ノーウェア、ノーウェア、どこにもない町。
子どものとき話に聞いた、ずっと遠い町。
何もない町。死んだ人のほか、誰もいない町。
書かれずじまいになった、物語のような町。
ノーウェア、ノーウェア、そこにある町。
そことわかっていても、そこがどこなのか。

夢に見ることがあっても、胸の中にしかない。
彼女は思う。いつかかならず、その町までゆく。

誰もが人生を目的と考える。ところが、
世界は誰にも、人生を手段として投げかえす。
彼女は思う。人生は目的でも、手段でもない。
ここから、そこへゆくまでの、途中にすぎない。

ノーウェア、ノーウェア、地図にない町。
けれども、目を瞑れば、はっきりと見える町。
一生を終えて、彼女は、初めてその町へ
独りで行った。そして再び、帰ってこなかった。

その人のように

川があった。
ことばの川だ。
その水を汲んで、
その人は顔をあらった。

草があった。
ことばの草だ。

その草を刈って、
その人は干し草をつくった。

この世界は、
ことばでできている。
そのことばは、
憂愁でできている。

希望をたやすく語らない。
それがその人の希望の持ち方だ。

木があった。
ことばの木だ。

その木の影のなかに、
その人は静かに立っていた。

あなたのような彼の肖像

いつも、夢を見ていた。
しかし、夢のなかで
いつも、覚めていた。

いつも、微笑んでいた。
しかし、微笑のむこうで
いつも、怒りくるっていた。

私は私でなく、私は
私ではない私なのだ、と
いつも、そう思っていた。

人生に、真実なんてない。
窓から差し込む日の光と同じくらい、
それは、はっきりとした事実だ。

いつも、黙っていた。
しかし、沈黙のなかで
いつも、雄弁だった。

そのようにして、静かに、彼は
一生をおくった。誰でもなかった。
彼はあなたのような人だった。

わたし（たち）にとって大切なもの

何でもないもの。
朝、窓を開けるときの、一瞬の感情。
熱いコーヒーを啜るとき、
不意に胸の中にひろがってくるもの。
大好きな古い木の椅子。

なにげないもの。

水光る川。
欅《けやき》の並木の長い坂。
少女たちのおしゃべり。
路地の真ん中に座っている猫。

ささやかなもの。
ペチュニア。ベゴニア。クレマチス。
土をつくる。水をやる。季節がめぐる。
それだけのことだけれども、
そこにあるのは、うつくしい時間だ。

なくしたくないもの。
草の匂い。樹の影。遠くの友人。

八百屋の店先の、柑橘類のつややかさ。
冬は、いみじく寒き。
夏は、世に知らず暑き。

ひと知れぬもの。
自然とは異なったしかたで
人間は、存在するのではないのだ。
どんなだろうと、人生を受け入れる。
そのひと知れぬ掟が、人生のすべてだ。

いまはないもの。
逝ったジャズメンが遺したジャズ。
みんな若くて、あまりに純粋だった。

みんな次々に逝った。あまりに多くのことを
ぜんぶ、一度に語ろうとして。

さりげないもの。
さりげない孤独。さりげない持続。
くつろぐこと。くつろぎをたもつこと。
そして自分自身と言葉を交わすこと。
一人の人間のなかには、すべての人間がいる。

ありふれたもの。
波の引いてゆく磯。
遠く近く、鳥たちの声。
何一つ、隠されていない。

海からの光が、祝福のようだ。

なくてはならないもの。
何でもないもの。なにげないもの。
ささやかなもの。なくしたくないもの。
ひと知れぬもの。いまはないもの。
さりげないもの。ありふれたもの。

もっとも平凡なもの。
平凡であることを恐れてはいけない。
わたし（たち）の名誉は、平凡な時代の名誉だ。
明日の朝、ラッパは鳴らない。
深呼吸しろ。一日がまた、静かにはじまる。

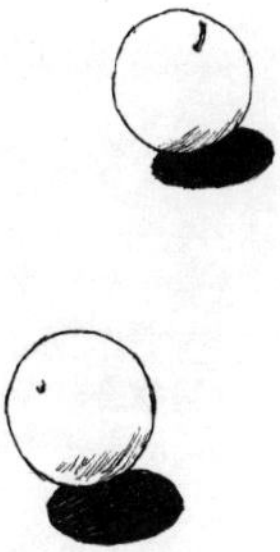

あらゆるものを忘れてゆく

夕暮れ、緑の枝々が影をかさねる
林ののこる裏通りの小道の向こうから、
彼が走ってきた。大きな犬に引っ張られて、
息を切らして、すれちがいざまに、
ふりむいて言った。――今度、ゆっくりと。
約束をまもらず、彼は逝った。
死に引っ張られて、息を切らして、

卒然と、大きな犬と、小さな約束を遺して。
いまでもその小道を通ると、向こうから
彼が走ってくるような気がする。だが、
不思議だ。彼の言ったこと、したことを、
何一つ思いだせない。彼は、誰だった?
あらゆるものを忘れてゆく。

空白のなかに、
一鉢の、八重咲きの、インパチェンスを置く。
わたしにできるのは、それだけだ。

忘れてはいけないと、
暦が言う。忘れてはいけないと、

大時計が言う。忘れてはいけないと、
羽虫が言う。飛ぶ蜂も言う。
屋根にならんだからすが言う。
くわッくわッ、忘れてはいけないと。
けれども、忘れていけないものは何?
すべての記憶をなくした老人が、
窓辺で一人、黙って、なみだを垂らしている。
人間が言葉をうしなうのではない。
言葉が人間をうしなうのだ。
記憶がけっして語ることのできないものがある。
あらゆるものを忘れてゆく。

後にのこるのは、どこまでも明るい光景だ。

冬の砂漠にふりそそぐ真昼の日差しのように、
砂と、空と、静けさと、それでぜんぶだ。
「神々は恐るるに足りない。
死は恐るるに足りない。
幸福は手に入れることができる。
苦痛は耐えることができる」
その昔、カッパドキアの賢者は言った、
それがこの世の、四つの真実だと。
新しさで価値を測ろうとすれば過つだろう。
不思議だ。古い真実は忘れない。
新しい真実は、目には見えなくなった。
あらゆるものを忘れてゆく。

砂漠の夕べの祈り

空が透きとおってきた。
風が凪いで、遠くから
日の光が透きとおってきた。
砂の色が透きとおってきた。
ひとの影が透きとおってきた。
悲しみが透きとおってきた。
何もかもが透きとおってきた。

昨日も明日もなかった。
まぶしい今しかなかった。
もうすぐ砂漠の一日は終わるだろう。

何も隠すことができないのだ。
どんな秘密もいらないのだ。
明白さがすべてだ。
砂漠では、何もかもが
どこまでも透きとおってゆくだけだ。
世界とは、ひとがそこを横切ってゆく
透きとおったひろがりのことである。
ひとは結局、できることしかできない。
あなたはじぶんにできることをした。

あなたは祈った。

砂漠の夜の祈り

遠くまでひろがる
砂の海の上を、
歌う者が移っていった。
砂の海の砂の粒は
すべて一つ一つ、光の粒だ。
太陽をたたえよ、と
歌う者は言った。

毎朝、太陽は
仔牛として生まれる。
真昼には牡牛に生長し、
日が暮れると死んでゆく。
そして翌朝ふたたび、
新しい仔牛として
太陽は生まれてくる。
すべての生けるものは、
自分自身の死を知る
太陽の涙から生まれた、と
歌う者は言った。
涙と人間とはおなじなのだ、
砂漠の国の言い伝えでは。

夜の森の道

夜がきたら、森へゆく。
手に何も持たず、一人で、
感覚を、いっぱいにひらいて。
歌を、うたってはいけない。
ことばを、口にしてはいけない。
日の数で、数えてはいけない。
人生は、夜の数で数えるのだ。

あらゆる気配が、押しよせてくる。
ゆっくりと、見えないものが見えてくる。
森の中で、アオバズクが目を光らせて、
櫟《くぬぎ》の朽ち木に群がるオオクワガタを嚙み殺す、
夏の夜。物語の長さだけ長い、冬の夜。
夜の青さのなかに、いのちあるものらの影が
黒い闇をつくって、浮かんでいる。
ものみなすべては、影だ。
遠くのあちこちで、点々と、
あかあかと燃えあがっている火が見える。
あれは、人のかたちに編んだ
木の枝の籠に、睡《ねむ》っている人を詰め、
その魂に火をつけて、燃やしているのだ。

信じないかもしれないが、ほんとうだ。
ひとの、人生とよばれるのは、
夜の火に、ひっそりとつつまれて、
そうやって、息を絶つまでの、
「私」という、神の小さな生き物の、
胸さわぐ、僅かばかりの、時間のことだ。
神は、ひとをまっすぐにつくったが、
ひとは、複雑な考え方をしたがるのだ。
切っ先のように、ひとの、
存在に突きつけられている、
不思議な空しさ。
何のためでもなく、
ただ、消え失せるためだ。

ひとは生きて、存在しなかったように消え失せる。
あたかもこの世に生まれでなかったように。

アメイジング・ツリー

おおきな樹があった。樹は、
雨の子どもだ。父は日光だった。
樹は、葉をつけ、花をつけ、実をつけた。
樹上には空が、樹下には静かな影があった。
樹は、話すことができた。話せるのは
沈黙のことばだ。そのことばは、
太い幹と、春秋でできていて、

無数の小枝と、星霜でできていた。
樹はどこへもゆかない。どんな時代も
そこにいる。そこに樹があれば、そこに
水があり、笑い声と、あたたかな闇がある。
突風が走ってきて、去っていった。
綿雲がちかづいてきて、去っていった。
夕日が樹に、矢のように突き刺さった。
鳥たちがかえってくると、夜が深くなった。
そして朝、一日が永遠のようにはじまるのだ。
象と水牛がやってきて、去っていった。
悲しい人たちがやってきて、去っていった。
この世で、人はほんの短い時間を、
土の上で過ごすだけにすぎない。

仕事して、愛して、眠って、
ひょいと、ある日、姿を消すのだ、
人は、おおきな樹のなかに。

『死者の贈り物』二十篇は、二〇〇〇年以降、次の紙誌に発表された。「渚を遠ざかってゆく人」（鎌倉建長寺「巨福《こふく》」二〇〇二年76号）「こんな静かな夜」（「巨福」〇一年74号）「秘密」（「巨福」〇一年73号）「イッカ、向コウデ」（「RENTAI」〇二年一月）「三匹の死んだ猫」（「巨福」〇二年75号）「魂というものがあるなら」（「RENTAI」〇三年一月）「草稿のままの人生」（「巨福」〇三年77号）「老人と猫と本のために」（「現代詩手帖」〇三年七月号）「小さな神」（「文藝春秋」〇二年十二月号）「サルビアを焚く」（「文學界」〇二年新年号）「箱の中の大事なもの」（「巨福」〇一年72号）「ノーウェア、ノーウェア」（「RENTAI」〇一年一月）「その人のように」（「自己表現」〇一年一月号）「あなたのような彼の肖像」（東京新聞〇〇年十二月十二日付夕刊）「わたし（たち）にとって大切なもの」（読売新聞〇〇年十二月三十一日付朝刊）「あらゆるものを忘れてゆく」（「ミッドナイト・プレス」〇二年18号）「砂漠の夕べの祈り」「砂漠の夜の祈り」（「FRaU」〇一年七月二十四日号）「夜の森の道」（書き下ろし）「アメイジング・ツリー」（「えるふ」〇三年4号）。上梓にあたり、詩のいくつかのタイトルをあらためた。また、いくつかの詩には、エジプトのラア神話、旧約コヘレトの言葉、ガリア戦記、古代の唯物論者たち、ウェルギリウスの帰郷、マルクスの経哲草稿、そして枕草子の自由な引用、アリュージョンがふくまれている。

あとがき

『死者の贈り物』は、いずれも、親しかったものの記憶にささげる詩として書かれた。親しかった場所。親しかった時間。親しかった人。近しかったが相識《あいし》ることはなかった人。親しかった樹。親しかった猫。親しかった習慣。親しかった思念。親しかった旋律。親しかった書物。

逝ったものが、いま、ここに遺してゆくものは、あたたかなかなしみと、簡潔なことばだと、ふりかえってあらためて感じる。

死について、そしてよい葡萄酒の一杯について書くのが詩、という箴言を読んだことがある。碑銘を記し、死者を悼むことは、ふるくから世界のどこでだろうと、詩人の仕事の一つだった。

石に最小限の文字を刻みこむように、記憶に最小限のことばを刻みこむことは、いまでも詩人の仕事の一つたりえているだろうかということを考える。

現に生きてあるものにとっての現在というのは、死者にとっての未来だ。それだからこそ、親しいものの喪から、わたしが受けとってきたものは、一人の現在をよりふかく、よく生きるためのことばだったと思える。

死はほんとうは、ごくありふれた出来事にすぎないのかもしれない。しかし、『死者の贈り物』にどうしても書きとめておきたかったことは、誰しもの、ごくありふれた一個の人生に込められる、もしそう言ってよければ、それぞれのディグニティ、尊厳というものだった。

ひとの人生の根もとにあるのは、死の無名性だと思う。『死者の贈り物』を、ローソクの明かりとともにある一冊の詩集につくっていただいた、みすず書房の尾方邦雄氏に感謝する。

（二〇〇三年秋）

解説　幸福感

川上弘美

この解説を書く前に、これまでこのシリーズで出版されてきた数冊の詩集を読んだ。そののちに、本書『死者の贈り物』を読んだのだが、不思議なことに、どの詩集もそれぞれにチャーミングであるにもかかわらず、本書がいちばんまっすぐに身に染み入ってきた。なぜなのだろう。長田弘はもともと好きな詩人であり、詩にも散文にも親しんできた。同じ作者の書いたものなのだから、同じように身に染み入るのではないか。

けれど少し考えて、理由がわかった。

本書の詩を書いた時の長田弘は、ちょうど六十歳前後。そして、読者である今のわたしも、ちょうど同年代なのである。

あとがきにもある通り、本書には「いずれも、親しかったものの記憶にささげる詩として書かれた」作品がおさめられている。わたし自身、五十歳を過ぎたころから、住所録に書かれた知人が、櫛の歯が欠けるように、少しずつこの世を去ってゆくようになった。もちろん、年上の知人が亡くなる、という経験は、その前からしていたけれど、自身の年齢とさほど変わらない人が亡くなるということが級数的に増えるのが、五十代の後半くらいからなのではないだろうか。

つまりは、「死は遠いものではない」と実感するのが、一般にその時期だということになるだろう。

親しい人が亡くなる。好きだった人が亡くなる。悲しく、つらいことである。もしも今よりも数十年前ならば、耐えられない悲しさつらさだったことだろう。けれど、死が遠いものではなく感じられるようになってからは、その悲しさつらさの中に、切っ先の鋭い悲しみ、叩きつけてくるようなつらさ、だけではない何かが混じっていると感じられるようになってくる。その「だけではない何か」を、長田弘はこの詩集の中で繰り返し辿ってゆく。

死んだ知人が、こちらにむかって歩いてくる。
そして、何も語らず、

わたしをそこに置き去りにして、
わたしの時間を突き抜けて、渚を遠ざかってゆく。
——「渚を遠ざかってゆく人」

まさにこれは、今のわたしの、「死」に対する実感である。亡くなった人の記憶が、その実体が、消えてなくなり透明になってゆくにもかかわらず、たしかにその人はまだ、そこにいるのだ。けれど、こちらと交わることはせずに、ただ「遠ざかってゆく」。このように美しく優しくまた透徹した目で、亡くなった人について書くことができるのは、長田弘が「死」から目をそらさず、高みに置かず、低きにも流さず、感じることや考えることをつぶさに自分の中で検証しつづけたからにちがいない。

九十九年生きても、人の一生は一瞬なのだ。
——「サルビアを焚く」

どこの誰でもない人のように
彼はゆっくりと生きた人だった。

――「箱の中の大事なもの」
こちら側は暗いが、向こう側は明るい。
――「秘密」
ほんとうは、新しい定義が必要だったのだ。
生きること、楽しむこと、そして歳をとることの。
――「イッカ、向コウデ」
きみは、そのことに気づいていたか？

どの詩の中にも、死者がいる。同時に、作者である長田弘もいる。詩人は、死者を自分とは異なるものとして見ていない。死者の中に自分を見、自分の中に死者を迎える。まるで、青春のさなかにいる者が、愛を、恋を想うように、詩人は死を想っているように、わたしには感じられる。若いころは扱うのに難儀だった「死」が、この瞬間、なんと詩人のそばに寄り添っていることか。

つまりは、死と生が別々のものではないということが、長田弘にははっきりと実感されているということだ。そうでなければ、この詩集の中にある、不可思議なゆったりとした豊穣な感情が書かれることは、不可能だろう。死は忌むべきものではない、というだけではなく、まるで親しい友のように、この詩集の中にはあるのだ。

死や死者その人を書く視点から、やがて詩人は、死について考えることは、生きていることを考えるのと同質のことだ、という視点に移ってゆく。

何でもないもの。
朝、窓を開けるときの、一瞬の感情。
熱いコーヒーを啜るとき、
不意に胸の中にひろがってくるもの。
大好きな古い木の椅子。

――「わたし（たち）にとって大切なもの」

あなたはじぶんにできることをした。
あなたは祈った。

――「砂漠の夕べの祈り」

幸福は手に入れることができる。
——「あらゆるものを忘れてゆく」

なんと素朴で、けれど強い幸福感が、これらの詩句の中にあることか。そして、これらの幸福感は、わたしたちが何もせずに持てるものではなく、他人の死、そして自身の死を深く悲しみ想うところから、はじめてあらわれるのだと、詩人は教えてくれる。

死を畏れず、死を羨まず、つまりは生を奢《おご》らず、生を過信しない時にはじめて、わたしたちは幸福という状態になることができるのではないかと、本書を読みながら、しみじみ思った。今日眠りにつく時、わたしはきっと本書の中にある一行をつぶやいてみるだろう。そして、「何でもない」明日をむかえることができるよう、心から祈ることだろう。

（かわかみ・ひろみ／作家）

著書目録

◎詩集

『われら新鮮な旅人』　一九六五年思潮社
　二〇一一年（definitive edition）みすず書房
『長田弘詩集』（「われら新鮮な旅人」所収）
　一九六八年思潮社現代詩文庫
『メランコリックな怪物』
　一九七三年（限定版）思潮社
　一九七九年（増補版）晶文社
『言葉殺人事件』　一九七七年晶文社
『深呼吸の必要』
　一九八四年晶文社／二〇一八年ハルキ文庫
『食卓一期一会』
　一九八七年晶文社／二〇一七年ハルキ文庫
『物語』（長詩のみ・現代詩人コレクション）
　一九九〇年沖積舎
『心の中にもっている問題　詩人の父から子どもたちへの45篇の詩』一九九〇年晶文社
『世界は一冊の本』　一九九四年晶文社
　二〇一〇年（definitive edition）みすず書房
『続・長田弘詩集』（「メランコリックな怪物（定本）」「言葉殺人事件」所収）
　一九九七年思潮社現代詩文庫
『黙されたことば』　一九九七年みすず書房
『記憶のつくり方』
　一九九八年晶文社／二〇一二年朝日文庫
『一日の終わりの詩集』二〇〇〇年みすず書房
　／二〇二一年ハルキ文庫
『長田弘詩集』　自選、二〇〇三年ハルキ文庫
　二〇一九年（新装版）ハルキ文庫
『死者の贈り物』　二〇〇三年みすず書房
　／二〇二二年ハルキ文庫
『人生の特別な一瞬』　二〇〇五年晶文社

『人はかつて樹だった』二〇〇六年みすず書房
『空と樹と』（画・日高理恵子）
二〇〇七年エクリ
『幸いなるかな本を読む人』
二〇〇八年毎日新聞社
『世界はうつくしいと』
二〇〇九年みすず書房
『長田弘詩集　はじめに…』
二〇一〇年岩崎書店
『詩ふたつ』（画・クリムト）
二〇一〇年クレヨンハウス
『詩の樹の下で』
二〇一一年みすず書房
『奇跡―ミラクル―』
二〇一三年みすず書房
『長田弘全詩集』
二〇一五年みすず書房
『最後の詩集』
二〇一五年みすず書房
『誰も気づかなかった』
二〇二〇年みすず書房

◎エッセー
『アウシュヴィッツへの旅』
一九七三年中公新書
『見よ、旅人よ』
一九七五年講談社／一九八六年朝日選書
『私の二十世紀書店』
一九八二年中公新書
一九九九年（定本）みすず書房
『詩人であること』
一九八三年岩波書店
一九九七年岩波同時代ライブラリー
『風のある生活』
一九八四年講談社
『一人称で語る権利』
一九八四年人文書院
一九九八年（定本）平凡社ライブラリー
『詩と時代　1961―1972』
一九八五年晶文社
『笑う詩人』
一九八九年人文書院
『失われた時代―1930年代への旅』
一九九〇年筑摩叢書
『散歩する精神』
一九九一年岩波書店
『読書のデモクラシー』
一九九二年岩波書店
『感受性の領分』
一九九三年岩波書店

『詩は友人を数える方法』一九九三年講談社
『われらの星からの贈物』一九九九年講談社文芸文庫
『小道の収集』一九九四年みすず書房
『自分の時間へ』一九九五年講談社
『詩人の紙碑』一九九六年講談社
『アメリカの心の歌』一九九六年朝日選書
『アメリカの心の歌』一九九六年岩波新書
二〇一二年（expanded edition）みすず書房
『本という不思議』一九九九年みすず書房
『私の好きな孤独』一九九九年潮出版社
二〇一三年（新装版）潮出版社
『子どもたちの日本』二〇〇〇年講談社
『すべてきみに宛てた手紙』二〇〇一年晶文社
『読書からはじまる』二〇〇一年日本放送出版協会
二〇〇六年ＮＨＫライブラリー
二〇二一年ちくま文庫
『アメリカの61の風景』
『知恵の悲しみの時代』二〇〇四年みすず書房
『本を愛しなさい』二〇〇六年みすず書房
『読むことは旅をすること　私の20世紀読書紀行』二〇〇七年みすず書房
『なつかしい時間』二〇〇八年平凡社
『本に語らせよ』二〇一三年岩波新書
『ことばの果実』二〇一五年幻戯書房
『小さな本の大きな世界』（絵・酒井駒子）二〇一五年潮出版社／二〇二一年潮文庫
『幼年の色、人生の色』二〇一六年クレヨンハウス
二〇一六年みすず書房

◎物語エッセー／絵本
『ねこに未来はない』（絵・長新太）一九七一年晶文社／一九七五年角川文庫
『帽子から電話です』（絵・長新太）一九七四年偕成社

二〇一七年（新装版）偕成社

『サラダの日々』

一九七六年角川書店／一九八一年角川文庫

『猫がゆく　サラダの日々』（絵・長新太）

一九九一年晶文社

『ねこのき』（絵・大橋歩）

一九九六年クレヨンハウス

『森の絵本』（絵・荒井良二）

一九九九年講談社

『森の絵本』対訳版（ピーター・ミルワード訳）

二〇〇一年講談社

『あいうえお、だよ』（絵・あべ弘士）

二〇〇四年角川春樹事務所

『肩車　長田弘・いわさきちひろ詩画集』

二〇〇四年講談社

『空の絵本』（絵・荒井良二）

二〇一一年講談社

『ジャーニー』（絵・渡邉良重　ジュエリー・薗部悦子）　二〇一二年リトルモア

『最初の質問』（絵・いせひでこ）

二〇一三年講談社

『ん』（絵・山村浩二）　二〇一三年講談社

『幼い子は微笑む』（絵・いせひでこ）

二〇一六年講談社

『水の絵本』（絵・荒井良二）

二〇一九年講談社

『風のことば　空のことば　語りかける辞典』（絵・いせひでこ）二〇二〇年講談社

◎対話／共著／編著など

『日本人の世界地図』（鶴見俊輔・高畠通敏）

一九七八年潮出版社／一九八六年潮文庫

一九九七年岩波同時代ライブラリー

『歳時記考』（鶴見俊輔・なだいなだ・山田慶児）

一九八〇年潮出版社

一九九七年岩波同時代ライブラリー

『旅の話』（鶴見俊輔）

一九九三年晶文社

『この百年の話　映画で語る二十世紀』（田中直毅）

一九九四年朝日新聞社

『映画で読む二十世紀　この百年の話』

二〇〇〇年朝日文庫

『対話の時間』（養老孟司・岸田秀・石垣りん・谷川俊太郎ほか）　一九九五年晶文社

『二十世紀のかたち　十二の伝記に読む』（田中直毅）　一九九七年岩波書店

『子どもの本の森へ』（河合隼雄）　一九九八年岩波書店

『本の話をしよう』（江國香織・池田香代子・里中満智子・落合恵子）　二〇〇二年晶文社

『本についての詩集』（選）　二〇〇二年みすず書房

『問う力　始まりのコミュニケーション』（長田弘連続対談）　二〇〇九年みすず書房

『202人の子どもたち　こどもの詩2004―2009』　二〇一〇年中央公論新社

『ラクダのまつげはながいんだよ　日本の子どもたちが詩でえがいた地球』　二〇一三年講談社

◎翻訳

『はしれ！　ショウガパンうさぎ』（ランダル・ジャレル　絵・ウィリアムズ）　一九七九年岩波書店
一九九二年（新装版）岩波書店

『詩のすきなコウモリの話』（ランダル・ジャレル　絵・センダック）　一九八九年岩波書店

『クリスマスのおくりもの』（ジョン・バーニンガム）　一九九三年ほるぷ出版

『ことば』（アン&ポール・ランド）　一九九四年ほるぷ出版

『いっしょにきしゃにのせてって！』（ジョン・バーニンガム）　一九九五年ほるぷ出版／二〇〇六年瑞雲舎

『地球というすてきな星』（ジョン・バーニンガム）　一九九八年ほるぷ出版

『そらとぶいぬ』（ヒューズ　絵・ルーカス）　一九九九年メディアファクトリー

〈詩人が贈る絵本〉Ⅰ 全七冊
『白バラはどこに』（ガラーツ＋イーノセンティ）二〇〇〇年みすず書房
『……の反対は？』（リチャード・ウィルバー）二〇〇〇年みすず書房
『十月はハロウィーンの月』（ジョン・アップダイク）二〇〇〇年みすず書房
『おやすみ、おやすみ』（シルヴィア・プラス）二〇〇〇年みすず書房
『夜、空をとぶ』（ランダル・ジャレル）二〇〇〇年みすず書房
『アイスクリームの国』（アントニー・バージェス）二〇〇〇年みすず書房
『ジョーイと誕生日の贈り物』（アン・セクストン）二〇〇〇年みすず書房
〈詩人が贈る絵本〉Ⅱ 全七冊
『私、ジョージア』（ジャネット・ウィンター）二〇〇一年みすず書房
『人生の最初の思い出』（パトリシア・マクラクラン）二〇〇一年みすず書房
『いちばん美しいクモの巣』（アーシュラ・K・ル＝グウィン）二〇〇一年みすず書房
『子どもたちに自由を！』（トニ＆スレイド・モリソン）二〇〇二年みすず書房
『魔法使いの少年』（ジャック・センダック）二〇〇二年みすず書房
『おばあちゃんのキルト』（ナンシー・ウィラード）二〇〇二年みすず書房
『リンカーン　ゲティスバーグ演説』（絵・マイケル・マカーディ）二〇〇二年みすず書房
『父さんと釣りにいった日』（クリーチ　絵・ラシュカ）二〇〇二年文化出版局
『旅するベッド』（ジョン・バーニンガム）二〇〇三年ほるぷ出版
『みんなのすきな学校』（クリーチ　絵・ブリス）二〇〇三年講談社
『ハーメルンの笛ふき男』（ブラウニング

絵・デュボアザン）二〇〇三年童話館出版
『世界をみにいこう』（マイケル・フォアマン）　二〇〇三年フレーベル館
『バスラの図書館員　イラクで本当にあった話』（ジャネット・ウィンター）
二〇〇六年晶文社
『ルイーザ・メイとソローさんのフルート』（ダンラップ＋ロルビエッキ　絵・アゼアリアン）　二〇〇六年ＢＬ出版
『ビアトリクス・ポターのおはなし』（ジャネット・ウィンター）　二〇〇六年晶文社
『ちいさなこまいぬ』（キム・シオン）
二〇〇七年コンセル
『エミリ・ディキンスン家のネズミ』（スパイアーズ　絵・ニヴォラ）
二〇〇七年みすず書房
二〇一七年（新装版）みすず書房
『なぜ戦争はよくないか』（ウォーカー　絵・ヴィタール）　二〇〇八年偕成社
『アンデスの少女ミア　希望や夢のスケッチブック』（マイケル・フォアマン）
二〇〇九年ＢＬ出版
『百年の家』（ルイス　絵・インノチェンティ）　二〇一〇年講談社
『この世界いっぱい』（スキャンロン　絵・フレイジー）　二〇一一年ブロンズ新社
『めっけもののサイ』（シェル・シルヴァスタイン）　二〇一一年ＢＬ出版
『いつでも星を』（レイ　絵・フレイジー）
二〇一二年ブロンズ新社

◎解説
『中井正一評論集』（長田弘編）
一九九五年岩波文庫
『新編　悪魔の辞典』（ビアス　西川正身訳）
一九九七年岩波文庫
『吟遊詩人たちの南フランス　サンザシの花が愛を語るとき』（Ｗ・マーウィン　北沢格訳）　二〇〇四年早川書房

本書は二〇〇三年十月にみすず書房より単行本として刊行されました。
ルビは文庫化にあたり、編集部で付けたものもあります。
旧漢字は『長田弘全詩集』（みすず書房）を参照して、新漢字に変えました。

ハルキ文庫

お9-6

死者《ししゃ》の贈《おく》り物《もの》

著者 長田《おさだ》 弘《ひろし》

2022年 1月18日第一刷発行

発行者 角川春樹

発行所 株式会社角川春樹事務所
〒102-0074 東京都千代田区九段南2-1-30 イタリア文化会館

電話 03(3263)5247(編集)
03(3263)5881(営業)

印刷・製本 中央精版印刷株式会社

フォーマット・デザイン 芦澤泰偉
表紙イラストレーション 門坂 流

ISBN978-4-7584-4454-5 C0192 ©2022 Osada Hiroshi Printed in Japan
http://www.kadokawaharuki.co.jp/[営業]
fanmail@kadokawaharuki.co.jp[編集] ご意見・ご感想をお寄せください。